Gilbert **Delahaye** ◆ Marcel **Marlier**

martine

au pays des contes

Texte de Jean-Louis Marlier

casterman

• Découvre les personnages de cette histoire •

Martine

Joyeuse et curieuse, Martine adore s'amuser avec ses amis et son petit chien Patapouf. Ensemble, ils découvrent le monde et vivent de véritables aventures. Une chose est sûre : avec Martine, on ne s'ennuie jamais !

Lorinou

Un oisillon transformé en petit garçon, voilà qui promet une histoire merveilleuse ! Mais comment va-t-il parvenir à rompre le maléfice ? Heureusement, il peut compter sur Martine !

Patapouf

Ce petit chien est un vrai clown ! Il fait parfois des bêtises… mais il est si mignon que Martine lui pardonne toujours !

– Patapouf ! appelle Martine, allongée sur son lit. Regarde le beau livre que maman et papa m'ont offert !
« Ouaf ! Ouaf ! » fait le petit chien comme pour dire : « S'il te plaît, lis-le moi ! »
– J'ai si sommeil... bâille la fillette. Mais je veux bien te raconter le début.

Il était une fois un petit oiseau tout doré.
Seul le bout de ses ailes était d'un noir
de jais. Il appartenait à l'espèce des
loriots, aussi sa maman l'avait-elle
appelé Lorinou. Son chant mélodieux
résonnait dans toute la forêt...
Malheureusement, une sorcière vivait dans la clairière
voisine. La méchante femme détestait la musique.
Un jour, exaspérée par l'oisillon, elle lui lança
un sortilège :

Oiseau, tu cesseras de gazouiller
car en garçonnet tu seras changé.
Oiseau, tu redeviendras
lorsque sept plumes d'or tu réuniras.

Martine se redresse lentement.

– Où suis-je ? murmure-t-elle. Je connais cette forêt…

Elle ressemble à celle de mon livre de contes, à celle du petit loriot.

J'entends des pleurs… Vite, allons voir !

Elle se lève et bondit vers un garçon qui sanglote dans l'herbe.

« C'est Lorinou ! pense Martine. Le sortilège a donc marché… »

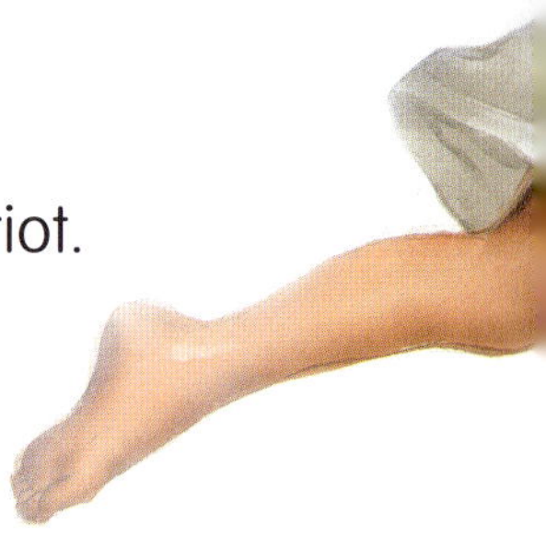

– Petit oiseau, ne pleure plus ! dit-elle doucement.

– Qui es-tu ?

– Je suis Martine et je connais ton histoire. Je sais que tu recherches les plumes d'or qui mettront fin au maléfice. Veux-tu que nous cherchions ensemble ?

– Oh, oui ! Merci. À deux, on peut y arriver. Allons-y ! s'écrie Lorinou.

– Regarde ces drôles d'animaux, là-bas… murmure Martine.

– Ce sont des licornes ! indique Lorinou.

Martine est émerveillée. Elle s'approche doucement et caresse le poulain. Son crin est doux comme de la soie…

Mais elle n'oublie pas sa mission pour autant.
– Il faut trouver les sept plumes !
Justement, quelque chose scintille au creux d'une branche : on dirait la première plume.

– La seule solution pour l'atteindre, dit la fillette, c'est d'avancer en équilibre sur cet arbre, comme des funambules…
Les amis cheminent très prudemment, en prenant garde de ne pas regarder en bas, dans les profondeurs du ravin.
Encore quelques pas… Enfin, ils l'attrapent !

Un peu plus loin, Martine et Lorinou aperçoivent un chat géant qui somnole.

– Regarde, dit le garçon, la deuxième plume est là ! Il faut l'attraper sans faire tinter les grelots, car ce chat est un glouton. Il en mangerait dix comme nous.

– Depuis ce rocher, nous pourrons l'approcher, chuchote Martine. Tends le bras, je te tiens.

– Brrr ! Les chats, ça me hérisse toujours les plumes…

– Tout est bleu, ici... constate Martine. Les arbres, l'herbe, les animaux…

– C'est à cause du loup, explique Lorinou. Pour lui échapper, il faut se fondre dans le décor…

– Le loup ? Où ça ? Mais oui, dans les branches ! Vite, filons !

Les deux amis arrivent devant un magnifique château.

– Oh ! Juste comme dans mes rêves ! s'émerveille Martine.

– … comme dans tes cauchemars, plutôt ! proteste le vieux jardinier.

– Il a raison. Ici vit la fée Carabosse, explique la princesse Aurore. On ne compte plus les enfants qu'elle a changés en grenouille, vipère ou salamandre.

– Nous devons pourtant l'approcher. Elle détient une plume d'or qui nous appartient.

– D'or, dites-vous ? Sans doute celle fixée sur ce vilain chapeau qu'elle n'enlève jamais ! Voici ce que nous allons faire : faufilez-vous discrètement près de la fenêtre ouverte et, sous un prétexte ou un autre, je vais tenter de l'y amener. Mais, je vous en conjure, qu'elle ne remarque rien, sinon… nous sommes tous perdus !
Avec beaucoup de sang-froid, la princesse tient parole et, sans un bruit : couic ! Lorinou coupe la plume qui dépasse de la coiffe !

De retour dans la forêt, Martine et Lorinou entendent le son d'une flûte.

– Des petites fées ! s'écrie la fillette. Comme elles sont jolies…

– Jolies… et serviables ! ajoute Lorinou. Regarde ce qu'elles nous apportent !

– La quatrième plume ! Merci !

La reine des fées sourit avec un air malicieux. D'un geste, elle ordonne aux fées d'emporter les enfants jusqu'au sommet des grands arbres…

– La cinquième plume, s'écrie Lorinou. Je la tiens !

– C'est tellement gentil de nous avoir aidés, dit Martine. Comment vous remercier ? Je pourrais peut-être vous faire un gâteau à la gelée royale en rentrant chez moi ?

– Les fées ne se nourrissent que de nectar de fleur et de rosée, corrige son ami en riant. Tu n'as pas lu ça, dans ton livre de contes ?

Après les cimes des arbres, les amis se retrouvent au fond de l'océan !

– La sixième plume est cachée dans ce grand coquillage... explique Lorinou. La plage de sable blanc et les palmiers, là-bas, c'est l'île au trésor ! Les pirates des sept mers sont venus y déposer des coffres pleins de bijoux et de pièces d'or.

– L'endroit idéal pour cacher la dernière plume ! se réjouit Martine.

Mais les enfants ont beau fouiller,
pas de plume…
– Tout est perdu, se désole Lorinou.
Plus jamais je ne serai un oiseau !
– Ce n'est pas fini ! crie Martine.
La sorcière a triché, je suis certaine
que c'est elle qui a la septième
plume… Connais-tu quelqu'un de
grand et fort qui pourrait nous aider ?

Lorinou retrouve le sourire : son plan est prêt. Les amis se rendent alors au refuge de la sorcière.

– Sorcière ! crie Martine. Lorinou a trouvé les sept plumes d'or !

– Menteuse ! rugit-elle. La septième, regarde, c'est moi qui l'ai !

La reine des fées n'attendait que ce geste pour arracher la plume des griffes de l'horrible créature.

Au même moment, un ogre surgit de derrière la cabane
et avale d'un seul coup la vieille et son balai !
– Beurk... dit-il en faisant la grimace. Cette sorcière a mauvais goût !
Lorinou danse de joie.
– Bravo Garabouf, mon grand ami à l'appétit géant. Tu nous as
débarrassés de cette affreuse femme. Et merci aussi à toi, petite fée !

Lorinou se tourne alors
vers Martine, mais…
Les sept plumes
sont réunies, et le voilà
qui redevient oiseau.
Il s'envole alors et remercie
son amie de son chant
cristallin, plus joli
que tous les mots.

– Patapouf ? fait Martine en se frottant les yeux. Mais… Où est Lorinou ?

Le chien saute joyeusement sur le lit. Alors, la fillette comprend.

– J'ai rêvé que j'étais dans le conte ! Quel voyage merveilleux…

« Ouaf ! Ouaf ! » fait Patapouf, comme s'il voulait lui dire : « La prochaine fois, emmène-moi avec toi ! »

Retrouve **martine** dans d'autres aventures !

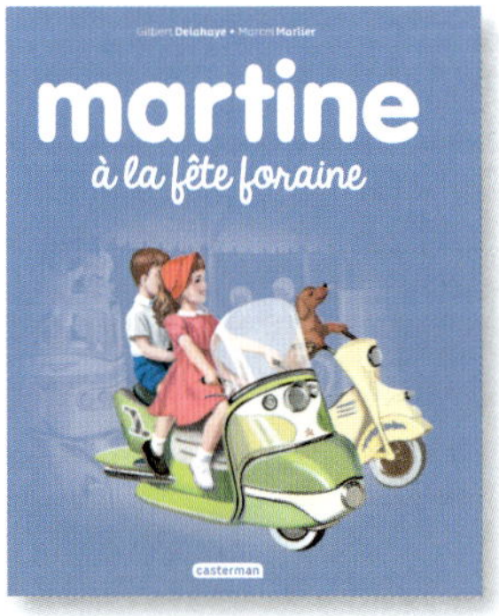

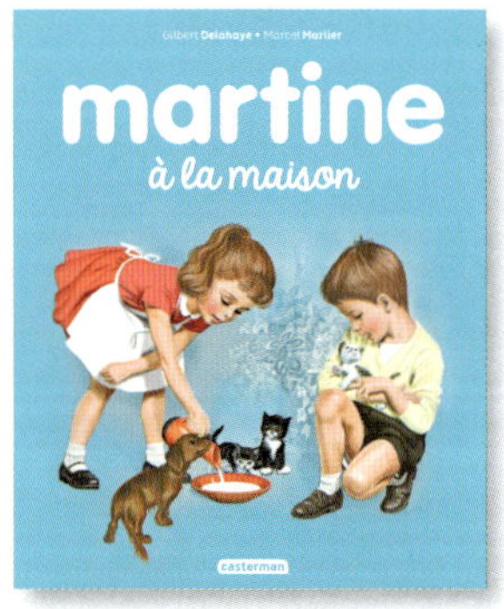

Gilbert Delahaye • Marcel Marlier
martine
garde son petit frère
casterman

Gilbert Delahaye • Marcel Marlier
martine
fête son anniversaire
casterman
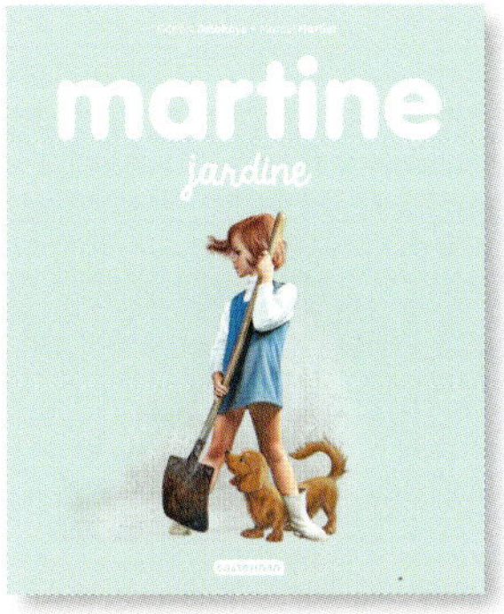
Gilbert Delahaye • Marcel Marlier
martine
jardine
casterman

Gilbert Delahaye • Marcel Marlier
martine
fait du vélo
casterman

Gilbert Delahaye • Marcel Marlier
martine
petit rat de l'opéra
casterman

Gilbert Delahaye • Marcel Marlier
martine
à la fête des fleurs
casterman

Gilbert Delahaye • Marcel Marlier
martine
fait la cuisine
casterman

Gilbert Delahaye • Marcel Marlier
martine
apprend à nager
casterman

Gilbert Delahaye • Marcel Marlier
martine
est malade
casterman

Gilbert Delahaye • Marcel Marlier
martine
en vacances
casterman

Gilbert Delahaye • Marcel Marlier
martine
prend le train
casterman

Gilbert Delahaye • Marcel Marlier
martine
fait de la voile
casterman

Gilbert Delahaye • Marcel Marlier
martine
fête maman
casterman

Gilbert Delahaye • Marcel Marlier
martine
à l'école
casterman
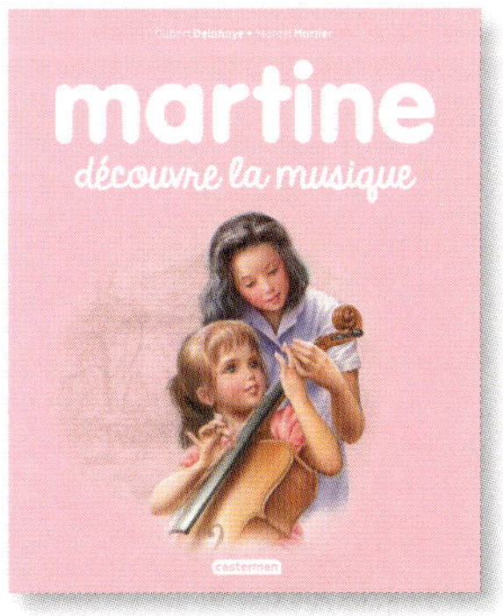
Gilbert Delahaye • Marcel Marlier
martine
découvre la musique
casterman

Gilbert Delahaye • Marcel Marlier
martine
a perdu son chien
casterman

Gilbert Delahaye • Marcel Marlier
martine
dans la forêt
casterman

Gilbert Delahaye • Marcel Marlier
martine
et le cadeau d'anniversaire
casterman

Gilbert Delahaye • Marcel Marlier
martine
un mercredi pas comme les autres
casterman

Gilbert Delahaye • Marcel Marlier
martine
la nuit de Noël
casterman

Gilbert Delahaye • Marcel Marlier
martine
se déguise
casterman

Gilbert Delahaye • Marcel Marlier
martine
et les lapins du jardin
casterman

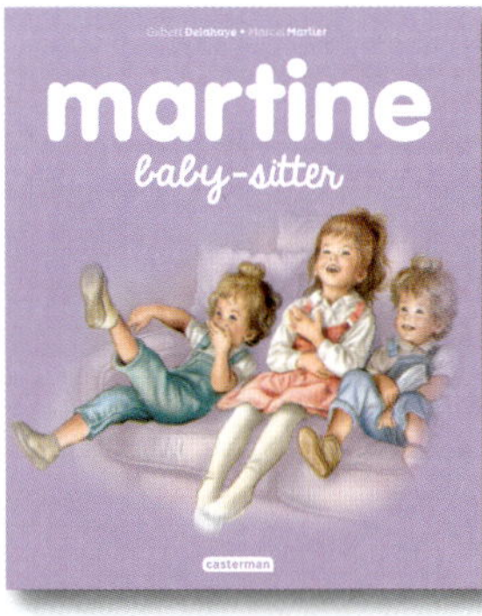
Gilbert Delahaye • Marcel Marlier
martine
baby-sitter
casterman

Gilbert Delahaye • Marcel Marlier
martine
au pays des contes
casterman

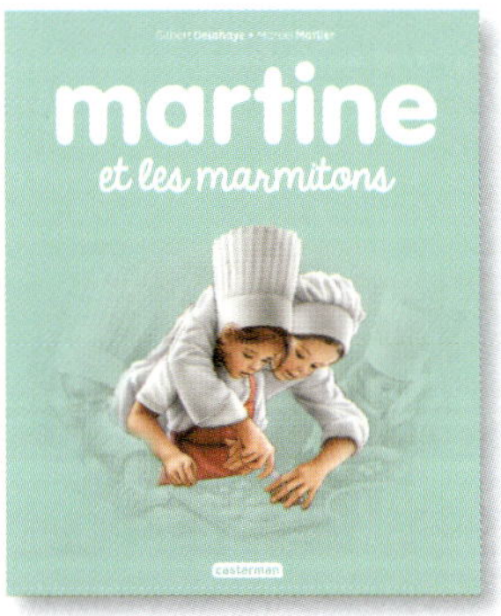
Gilbert Delahaye • Marcel Marlier
martine
et les marmitons
casterman

Gilbert Delahaye • Marcel Marlier
martine
prépare une surprise
casterman

Gilbert Delahaye • Marcel Marlier
martine
l'arche des animaux
casterman

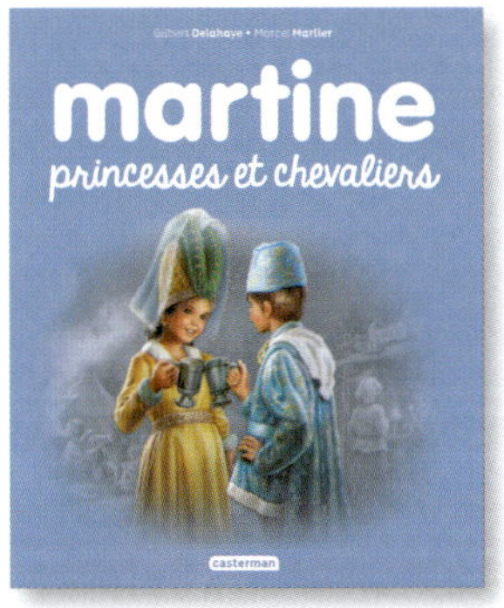
Gilbert Delahaye • Marcel Marlier
martine
princesses et chevaliers
casterman

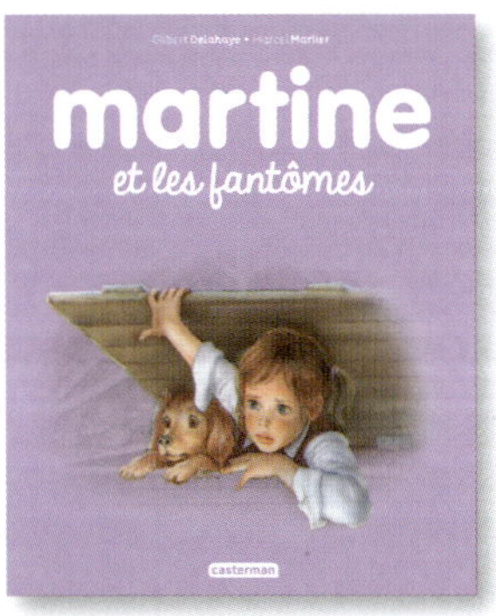
Gilbert Delahaye • Marcel Marlier
martine
et les fantômes
casterman

Gilbert Delahaye • Marcel Marlier
martine
un amour de poney
casterman

Gilbert Delahaye • Marcel Marlier
martine
la dispute
casterman

Gilbert Delahaye • Marcel Marlier
martine
drôle de chien !
casterman

Casterman
Cantersteen 47
1000 Bruxelles

www.casterman.com

ISBN : 978-2-203-10700-7
N° d'édition : L.10EJCN000512.C002

D'après les albums de Gilbert Delahaye et Marcel Marlier.
Achevé d'imprimer en mai 2017, en Italie.
Dépôt légal : octobre 2016 ; D.2016/0053/169
Déposé au ministère de la Justice, Paris (loi n°49.956
du 16 juillet 1949 sur les publications destinées à la jeunesse).